AF454638

CATALOGUE

DES

OBJETS DE MONTRE

Boîtes, Bijoux, Éventails, Montres, Miniatures

Émaux, Ivoires et Bois sculptés, Objets orientaux, Couteaux

Jeu d'échecs, Armes, Émaux cloisonnés

PORCELAINES, GROUPES ET FIGURINES

TENTURE EN CUIR DE CORDOUE

Tapisserie du XVIe siècle, Tapis d'Orient, Sièges Louis XVI
Lits sculptés

DONT LA VENTE AUX ENCHÈRES PUBLIQUES AURA LIEU

HOTEL DROUOT, SALLE N° 7

Le Lundi 10 Mars 1873

A DEUX HEURES PRÉCISES

Par le ministère de M° ESCRIBE, Commissaire-Priseur,
rue de Hanovre, 6,

Assisté de MM. DHIOS et GEORGE, Experts, rue Le Peletier, 33.

EXPOSITION PUBLIQUE

Le Dimanche 9 Mars 1873, de une heure à cinq heures.

PARIS — 1873

Ve RENOU, MAULDE et COCK

IMPRIMEURS DE LA COMPAGNIE DES COMMISSAIRES-PRISEURS

Rue de Rivoli, 144.

CATALOGUE

DES

OBJETS DE MONTRE

Boîtes, Bijoux, Éventails, Montres, Miniatures
Émaux, Ivoires et Bois sculptés, Objets orientaux, Couteaux
Jeu d'échecs, Armes, Émaux cloisonnés

PORCELAINES, GROUPES ET FIGURINES

TENTURE EN CUIR DE CORDOUE

Tapisserie du XVIᵉ siècle, Tapis d'Orient, Siéges Louis XVI
Lits sculptés

DONT LA VENTE AUX ENCHÈRES PUBLIQUES AURA LIEU

HOTEL DROUOT, SALLE N° 7

Le Lundi 10 Mars 1873

A DEUX HEURES PRÉCISES

Par le ministère de **Mᵉ ESCRIBE**, Commissaire-Priseur,
rue de Hanovre, 6, j
Assisté de **MM. DHIOS et GEORGE**, Experts, rue Le Peletier, 33.

EXPOSITION PUBLIQUE

Le Dimanche 9 Mars 1873, de une heure à cinq heures.

PARIS — 1873

CONDITIONS DE LA VENTE

———

Elle sera faite au comptant.

Les Acquéreurs paieront CINQ POUR CENT en sus des enchères, applicables aux frais.

L'Exposition mettant le Public à même de se rendre compte de l'état et de la nature des Objets, il ne sera admis aucune réclamation une fois l'adjudication prononcée.

DÉSIGNATION

1 — Bois sculpté, bas-relief : le Christ descendu de la croix. Beau travail du XVIIe siècle.

2 — Jolie Miniature, de forme ronde : Voltaire et la marquise du Châtelet.

3 — Bel Éventail Louis XV : Gouache à personnages monture ivoire découpé, à sujets chinois et rehauts d'or.

4 — Éventail Louis XV : Gouache à figures mythologiques. Monture ivoire découpé, à personnages.

5 — Éventail Louis XV : Gouache représentant Vénus et Vulcain. Monture ivoire découpé, à personnages et décor en couleurs.

6 — Couteau oriental, lame damasquinée or, manche en lapis.

7 — Autre Coûteau, manche en lapis.

8 — Couteau plus petit, lame en damas, manche en agate.

9 — Coupe-Papier, lame en vermeil découpé à jour, manche en agate.

10 — Couteau de poche, manche garni de figures et d'animaux en argent.

11 — Stylet, poignée en agate d'Allemagne baignée.

12 — Autre Stylet, poignée en jaspe.

13 — Poignard en acier, à ornements dorés.

—14 — Petit Couteau oriental dans sa gaîne, poignée en fer damasquiné.

— 15 — Boîte ronde en lapis, monture en or.

—16 — Autre Boîte ovale, jaspe sanguin, cercle en or.

—17 — Petite Boîte plate en filigrane d'argent.

— 18 — Autre, à coulisse.

—19 — Petite Boîte ronde en filigrane d'argent.

— 20 — Ancien Drageoir en fer, repercé à jour, à trophées d'armes et rinceaux.

21 — Petite Boîte ovale en émail, ornée sur le couvercle d'un émail : Sujet historique.

22 — Boîte, de forme contournée, avec émail sur le couvercle : Personnages de la Comédie italienne.

23 — Boîte en porcelaine de Saxe, à ornements rocaille gaufrés et pastorales en camaïeu vert. Monture argent.

24 — Émail Louis XV : le Jugement de Pâris.

25 — Émail : la Flagellation du Christ. Cadre noir.

26 — Émail : la Vierge et l'Enfant. Sur un fond de velours.

27 — Émail : Figure de Saint agenouillé. Sur un fond de velours.

28 — Salière en émail, décorée d'un buste de philosophe. Grisaille légèrement colorée.

29 — **Émaux cloisonnés.** Un Flacon à long goulot.

30 — Autre Flacon, forme balustre.

31 — Autre Flacon, forme gourde.

32 — Petit Flacon, couvercle en ivoire, incrusté de pierres de couleurs.

33 — Petit Bassin en émail cloisonné.

34 — Jeu de Quilles en émail cloisonné.

35 — Petit Plateau en émail cloisonné.

36 — Un Bracelet.

37 — Petit Flacon à odeurs.

38 — Jade vert : Canard, ailes et ornements en bronze.

39 — Etui en écaille, à ornements en relief.

40 — Petit Vase, à piédouche, en ivoire sculpté, à figures d'enfants.

41 — Pipe en cuivre repoussé, formée d'une figurine chinoise tenant une montre (époque Louis XV).

42 — Grande Pipe Kummer, monture argent.

43 — Petit Cachet en fer gravé.

44 — Navette en acier.

45 — Jolie Montre Louis XV en or, ornements à jour et sujet repoussé.

46 — Autre montre en or, analogue à la précédente.

47 — Épingle, perle baroque et or.

48 — Autre Épingle en or et camée dur.

49 — Médaillon en or et camée.

50 — Médaillon en or, roses et lapis.

51 — Camée dur : Tête d'homme lauré.

52 — Briquet en argent, modèle canon.

53 — Grand Groupe de sept personnages en porcelaine de Saxe : l'Amour lisant.

54 — Le Temps coupant les ailes à l'Amour.

55 — Bacchus. Figurine pour flambeau (Saxe).

56 — Marquis et Marquise assis à une table. Groupe en Saxe.

57 — Figurines : Musiciennes. Deux groupes en pendant.

58 — La Constance. Figurine.

59 — Berger et Bergère tressant une guirlande de fleurs. Groupe.

60 — Groupe de trois Figurines : Musiciens.

61 — Deux Figurines de chinois en pierre de lard.

62 — Soupière en porcelaine de l'Inde.

63 — Un Bol du Japon.

64 — Trois Vases en émail de Chine.

65 — Deux Chimères en porcelaine de Chine. Socles en bronze doré.

66 — Nymphe. Statuette en porcelaine d'Allemagne.

67 — Écuelle en étain.

68 — Bol, à couvercle, en Japon.

69 — Verre en Bohême gravé.

70 — Autre Verre en Bohême.

71 — Carafon en Bohême.

72 — Flacon en porcelaine de Saxe (Enfant au maillot), et un petit Flacon en Chine.

73 — Boîte ovale en émail de Chine.

74 — Un Peigne en corail. Monture en cuivre.

75 — Dix-sept Camées durs.

76 — Dix Tasses et Soucoupes (Chine et Japon).

77 — Petite Théière de Chine, à fleurs.

78 — Une autre, à personnages.

79 — Groupe : Apollon (Saxe).

80 — Groupe : Chasseurs au repos (Porcelaine d'Allemagne).

81 — Grand Plat en terre émaillée : Nymphe faisant danser un petit Faune.

82 — Deux Médaillons en terre cuite, par Nini.

83 — Boîte ronde, ornée d'un paysage attribué à Bruandet.

84 — Étui en or ciselé, formant cachet.

85 — Boîte ronde en ivoire, avec miniature : Léda.

86 — Deux autres Boîtes.

87 — Figurine et Médaille en bronze.

88 — Deux Coupes en Japon, pied en bronze doré.

89 — Autre Coupe, plus grande. Monture en cuivre à anneaux mobiles.

90 — Petite Pendule en marbre et bronze.

91 — Un Lit, style Louis XIII, à colonnes torses et baldaquin en bois sculpté.

92 — Un autre, de même style.

93 — Table carrée, à colonnes torses, avec petites appliques en cuivre.

94 — Beau Jeu d'échecs chinois en ivoire sculpté.

95 — Ivoire sculpté : trois Figurines et une Navette.

96 — Coffret oriental, orné de fleurs, en ivoire sculpté.

97 — Paire de Pistolets, garnis d'ornements en argent gravé.

98 — Un Yatagan, poignée et garniture de fourreau en argent niellé.

99 — Sabre mexicain.

100 — Vingt-quatre Aquarelles et Dessins de l'École moderne, sous ce numéro.

101 — Cabaret flamand. Peinture sur vélin.

102 — Gouache : Enfants dans un parc.

103 — Théière en Saxe, avec fleurs en relief.

104 — Six Assiettes (Chine et Japon).

— 105 — Un Presse-Papier et un Porte-Allumettes.

— 106 — Deux Appliques en cuivre.

— 107 — Six Miniatures sur vélin : Histoire de la Vierge (xve siècle).

108 — Un Carton de Dessins et Gravures.

109 — Belle Tenture en cuir de Cordoue, composée de trente-six Panneaux à personnages flamands avec encadrements gaufrés ; riche ornementation dans le style de Bérain.

110 — Tapisserie du xvie siècle, à personnages. Belle bordure.

111 — Deux Bois de fauteuils Louis XVI sculptés et dorés ; élégant modèle.

112 — Deux Tête-à-Têtes et deux Fauteuils Louis XVI, peints en blanc.

113 — Coffre turc en écaille rouge.

114 — Plusieurs Tapis orientaux.

115 — DUVAL (Fr.). Animaux à l'abreuvoir.

116 — PRUDHON (École de). Jeune Femme nue.

117 — Deux Tableaux : Paysage et Tête de rabbin.

118 — L'Algérie pittoresque et monumentale. Recueil de lithographies, 3 vol. in-fol.

119 — Écuelle, avec plateau et couvercle, en porcelaine de Sèvres, pâte tendre ; joli décor à guirlandes de roses et ornements gros bleu et or.

120 — Beau Bureau, formant cabinet, en écaille, avec colonnettes.

Ve RENOU, MAULDE et COCK, imp. de la Compagnie des Commissaires-Priseurs, rue de Rivoli, 144.   30117